LA ISLA

por ARTHUR DORROS

ilustrado por ELISA KLEVEN

traducido por Sandra Marulanda Dorros

PUFFIN BOOKS

PUFFIN BOOKS
Published by the Penguin Group
Penguin Putnam Books for Young Readers, 345 Hudson Street, New York, New York 10014, U.S.A.
Penguin Books Ltd, 27 Wrights Lane, London W8 5TZ, England
Penguin Books Australia Ltd, Ringwood, Victoria, Australia
Penguin Books Canada Ltd, 10 Alcorn Avenue, Toronto, Ontario, Canada M4V 3B2
Penguin Books (N.Z.) Ltd, 182-190 Wairau Road, Auckland 10, New Zealand

Penguin Books Ltd, Registered Offices: Harmondsworth, Middlesex, England

First published in the United States of America by Dutton Children's Books,
a division of Penguin USA Inc., 1995
Published by Puffin Books, a member of Penguin Putnam Books for Young Readers, 1999

17 19 20 18 16

THE LIBRARY OF CONGRESS HAS CATALOGED THE DUTTON EDITION AS FOLLOWS:
Dorros, Arthur.
Isla/by Arthur Dorros, illustrated by Elisa Kleven.
—1st ed.   p.   cm.
Summary: A young girl and her grandmother take an imaginary journey to the Caribbean island
where her mother grew up and where some members of the family still live.
ISBN 0-525-45149-8
[1. Caribbean Area—Fiction. 2. Islands—Fiction. 3. Grandmothers—Fiction.
4. Hispanic Americans—Fiction.]
I. Kleven, Elisa, ill. II. Title.
PZ7.D7294Is 1995 [E]—dc20 94-40900 CIP AC

Puffin Books ISBN 978-0-14-056541-6

Printed in U.S.A.

Para los abuelos, Sidney y Debbie,
Harry e Irene Dorros, grandes narradores

A.D.

Para la familia Andersen y para Saren —
y mi más sincero agradecimiento a Diana Tejada

E.K.

Cuando mi abuela, *my grandma*,
me cuenta historias,
podemos volar a cualquier parte.
Hoy me cuenta de la isla,
the island, donde ella creció
y estamos volando juntas.

Viajamos muy, muy lejos
a donde siempre hace calor.
—¡Mira! Mi esmeralda. —me dice mi abuela.
I look. Y veo su isla que brilla
como una joya verde en el mar.
—Aire tropical —dice ella
respirando profundamente.
El aire caliente y húmedo tiene olor a sal.

Volamos sobre bosques, campos y pueblitos
para visitar a mi tío, *my uncle*, Fernando,
a mi tía, *my aunt*, Isabel y a mi prima, *my cousin*, Elena.
Aunque estamos muy alto,

ellos nos ven y nos saludan con la mano.
Tío Fernando es el hermano de mi madre
y Abuela es la mamá de ellos.
Ellos crecieron en la isla.

—¡Bienvenidas! —nos recibe el tío Fernando.

Él y mi mamá, *my mother*, se criaron en esta casa

con Abuela y Abuelo.

Mi abuelo murió antes de que yo naciera.

Ahora el tío Fernando vive aquí con su familia.

Pienso que se parece a mi mamá,

sólo que él tiene barba.

—El osito —lo llama mi abuela, *the little bear*.

Abuela me enseña la casa.

En el cuarto del frente Abuelo y ella

tenían una tiendecita.

En la pared, junto a un cuadro de la tienda,

hay un dibujo del tío Fernando con un pez enorme.

—¡Qué pescado! —me dice mi abuela. *What a fish!*

El tío Fernando lo encontró en un arroyo

y lo trajo a casa para que fuera su mascota.

Abuela le dijo que el pez estaría

más contento en el río.

El tío Fernando se puso triste

cuando tuvo que soltarlo

y por eso Abuela le pintó el cuadro.

—Los niños —*the children*, me dice Abuela,

mostrándome una foto de unos chicos.

Son mi mamá y el tío Fernando

jugando en una fuente.

Abuela y Abuelo la hicieron

con piedras de la selva.

—Es mágica —dice mi abuela.

La fuente de veras parece mágica.

El agua que salpica las piedras

suena como el cantar de los pájaros.

Ahora Abuela me quiere mostrar más cosas de la isla.

Elena dice que se reunirá con nosotras en la playa

más tarde.

—¡Que disfruten! —*Have fun*, nos dice.

—Vamos a la selva —dice mi abuela.

Salimos a la selva de donde son

las piedras de la fuente.

Volamos con loros que

agitan sus alas a nuestro lado.

Las copas de los árboles son como

un jardín colorido, le digo a la abuela.

—Y también parecen una sombrilla —comenta ella.

Abajo está oscuro y fresco.

—Como la noche —*like night*, me dice Abuela.

Pero aún en la oscuridad ella puede atrapar ranas

y lagartijas que corren por las hojas.

Los ojos de la selva están muy abiertos,
y yo los tengo abiertos también.
—Hay mucho más que ver —dice Abuela al despegar.
There is much more for us to see.

Volamos a la vieja ciudad, *the old city*,
revoloteando entre edificios coloridos
y sobre calles de ladrillos azules.
Encima de la plaza, Abuela y yo

hacemos piruetas para la gente
que está abajo.
—Somos unos pájaros grandes jugando—
dice mi abuela sonriendo.

Nos acercamos rápidamente al puerto,
donde hay barcos grandes.

—De todo el mundo —me dice Abuela.

—¡Mira! —Me señala un edificio grande.
Fue hecho por gente española que
llegó a la isla hace cientos de años.

Abuela y Abuelo solían venir
a esta ciudad a comprar cosas para su tienda.
—Ha cambiado —suspira Abuela.
Ahora hay grandes edificios,
estacionamientos y supermercados.
—Vamos al viejo mercado —me dice ella.
Y seguimos, elevándonos sobre las carreteras...

hacia un viejo mercado en el campo.

La gente pregona lo que vende: —¡Plátanos!—

—¡Mangos!— —¡Papayas!— —¡Cocos!—

—¡Piñas dulces! —grita Abuela.

Cuando ella era pequeña, su familia cultivaba
piñas dulces para llevar al mercado.
En el mercado hay mucha gente y hace mucho calor.
En seguida estamos listas para refrescarnos.

—Vamos a nadar —me invita Abuela.

Ella nadaba aquí cuando tenía mi edad.

—Ven —*Come on*. Me toma de la mano

y nos metemos al agua.

Toda clase de peces nos rodean—

peces redondos, peces muy finos,
peces con rayas y peces con lunares.
Abuela salta y se zambulle en el agua también.
—Este es nuestro circo y tú eres mi pez
volador —me dice.

La tía Isabel, el tío Fernando y
mi prima Elena se reúnen con nosotras.
El tío Fernando usa sus gafas de bucear.
La abuela le dice bromeando que
parece una rana de la selva.
Flotamos de espaldas y
el agua se une al cielo.
Podemos ir flotando a cualquier lugar.

Cuando llegamos a casa,
tenemos hambre de tanto nadar.
—Volemos —me invita la abuela. *Let's fly.*
Y volamos a las copas de los árboles
para agarrar mangos maduros.
Las manos se nos ponen pegajosas con el jugo.
La abuela escoge los mangos más maduros
para Elena y para mí.
Haremos una ensalada con los mangos
y otras frutas tropicales.
Le voy a contar a Elena lo que he visto
en su isla.

nos parecen miles de estrellas.

—Es mágica —le digo a mi abuela.

—Sí, es mágica —contesta ella.

Después de tanto volar, necesitamos dormir.

Mi abuela me pregunta en qué pienso.

—En la isla —le digo.

—En nuestra isla —me dice.

Y siento que es nuestra isla y

que podemos visitarla cuando queramos.

—Pronto —promete Abuela.

Nota sobre el autor

ARTHUR DORROS

viajaba por lugares distantes cuando sus
abuelos le contaban historias y anécdotas
sobre la niñez de personas que él conocía
sólo como adultos. Pensando en estos
narradores y aquéllos que existen en
cualquier familia y en cualquier lugar, el
autor escribió *La Isla*. El Sr. Dorros
escribe e ilustra maravillosos cuentos
infantiles desde Seattle, Washington, en
donde vive con su familia.

Nota sobre la ilustradora

ELISA KLEVEN

es autora e ilustradora de libros como el
querido *The Lion and the Little Red Bird* y
The Paper Princess. Al ilustrar *La Isla*, viajó
al Caribe para ver los colores, los lugares,
los estilos y la gente, tal como Rosalba lo
hubiera visto. La autora vive en Albany,
California, con su familia.

Después de la comida, nos sentamos en el jardín.

Escuchamos el sonido de los pájaros,

de los insectos e incluso de las ranas.

—Nos están cantando —dice mi abuela.

Las plantas a nuestro alrededor

tienen un olor dulce y fuerte.

Es como si el jardín fuera nuestra habitación

y las estrellas, *the stars*, nuestro techo.

—Ya es hora de partir —anuncia mi abuela.

Las estrellas alumbrarán nuestro camino.

Volamos y volamos en la noche
de vuelta a casa.
Al ver las luces de Nueva York